KB106298

꽃범의 꼬리

꽃범의 꼬리

발행일	2018년 3월 23일		
지은이	양 인 규		
펴낸이	손 형 국		
펴낸곳	(주)북랩		
편집인	선일영	편집	권혁신, 오경진, 최승헌, 최예은
디자인	이현수, 김민하, 한수희, 김윤주, 허지혜	제작	박기성, 황동현, 구성우, 정성배
마케팅	김회란, 박진관, 유한호		
출판등록	2004. 12. 1(제2012-000051호)		
주소	서울시 금천구 가산디지털 1로 168, 우림라이온스밸리 B동 B113, 114호		
홈페이지	www.book.co.kr		
전화번호	(02)2026-5777	팩스	(02)2026-5747
ISBN	979-11-6299-042-1 03810(종이책)　　979-11-6299-043-8 05810(전자책)		

(주)북랩 성공출판의 파트너

북랩 홈페이지와 패밀리 사이트에서 다양한 출판 솔루션을 만나 보세요!

홈페이지 book.co.kr ・ **블로그** blog.naver.com/essaybook ・ **원고모집** book@book.co.kr

양인규 시집

꽃범의 꼬리

북랩 book Lab

CONTENTS

Clew

2013

그네

비가 오면 비를 맞고
눈이 오면 눈을 맞고
해가 뜨면 햇빛을 쐬고
달이 뜨면 별들을 바라보는

오후가 되면 해맑은 아이들이
새벽이 되면 밤바람이
나를 깨운다

너 없이는 나도 없는
나는 그네.

봄날

따스한 햇살
활기찬 나비

떨어지는 벚꽃잎들
나와 함께 나의 봄날.

꽃범의 꼬리

설레다

밤하늘의 별을 세보다
환하게 비추는 달을 보며
그대의 모습이 떠오르네

이루지 못한 잠
이루지 못할 꿈

마음 한편이 쓸쓸해도
나는 너로 설레다.

짝사랑

이런 마음
언제 가져보고 언제쯤 전해질까

내가 사랑했던
혹은 사랑했을 사람아.

꽃범의 꼬리

거리

바다 끝이라고도 할 수 없는 수평선처럼
꼬여버린 매듭처럼
쏴버리면 돌아오지 않는 총알처럼

전해지지 못하고
닿을 수 없는

틈 속에 벌어진 길고 긴 거리.

인연

비가 땅을 적셔
흐르듯

너와 나도 어쩔 수 없이
만날 수 있다면.

순간

너와 멀어지는 순간
우연히 만나도 그냥 지나가게 되는 순간
쌓여왔던 추억이 무너지는 순간
끝나버린 순간

단 한순간.

빈자리

변하지 않는 것이 있다면
그것은 사람 마음이요

변하는 게 있다면
그 또한 사람 마음이라.

숨

곁에 머물고 싶었을 뿐이다
품에 안기고 싶었을 뿐이다

하지만 이게 내 욕심이라면

바다 밑으로
보이지 않는 곳으로
조금 더 낮은 곳으로

바람이 불어도
네 숨을 느끼지 못하는 곳으로.

잿빛

보일 듯 말 듯

알고 보면 투명하지만
나는 더럽다

자세히
조금 더 가까이

알고 보면 흐릿하지만
나는 살아있다.

회상

보고 싶다
내 기억에 머무르는 너를

맡고 싶다
그때 그 시절 그날의 향기를

듣고 싶다
네가 부르는 내 이름을.

가장 밝은 시간의 호두나무

지금의 내가
어린아이의 나를 마주한다면
지금의 내가
지금의 나를 만나게 된다면

흐르는 눈물을 닦아주고
뜨겁게 안아주고 싶다

그리고 말하고 싶다

"다 괜찮아."

꽃범의 꼬리

네 계절이 지난 지금

같은 날
같은 날씨
같은 시간
같았던 마음

손으로 잡히던 게
이제는 손톱자국만 남는다.

숲

나와 같지 않아도
힘이 되고

잡을 수 없는 것들이
벗이 되는
치유의 공간.

꽃범의 꼬리

작약

사랑한단 말보단
한 번 안아보면 알 수 있다

화려한 고백보단
너의 수줍음으로 느낄 수 있다

바람처럼 지나가는 사람이 아닌
온기처럼 머무는 사람이 되어

그렇게 네 손으로
내 손을 잡아주라.

한마디로 다가와
한마디로 떠난 당신에게

그건 꿈이었나 하고

벅차오르는 설렘에 잠을 이루지 못했던 날이

지금은

그건 꿈이었길 하고

두 손을 모은 채 기도에 밤을 보낸다

그렇게 그간의 계절들이

무의미해졌다

모래처럼 사라지는 그대

기억은 어떻게 버리는지

 사랑보다 이별에 그대 생각을 더 많이 한다는

　　　　　　　　　　꽃범의 꼬리

것을 아는지
그럼 나는 이제 누구인지

남겨진 나는
흐르는 눈물에 몸을 적셔
어떻게든 마를 날만을
기다려야만 한다.

벚꽃

나는 너에게

편한 사람이니까
편한 사람이라서
편한 사람이기 때문에

괜찮고, 견디고, 무뎌져야 했다

나는 때가 지나면 사라지는 몸

그렇게
나는 너를 잊었고
너는 나를 잃었다

꽃범의 꼬리

그렇게

나는 너를 잃었고
너는 나를 잊었다.

내면

아파도 아프지 않게
슬퍼도 슬퍼 보이지 않게
울긴 울되 우는 것처럼 보이지 않게

비는 내려도
흘러갈 뿐
고여있진 않으리.

시간

행복한 순간은 지속되기를
고통의 순간은 지나가기를

잊고 싶지도 않았고
내가 그대에게 잊히는 것도 바라지 않았다

영원할 수 없다면
어서 빨리 흘러가기를

시간에게
그 시간에게

간절히 기도했다.

전환

해는 늘 비추지만
때론 절로 웃음이 나오고

내가 걷는 길은 늘 같지만
오늘따라 유난히 예쁘다

지겨운 일상에도
아침은 설레고

힘든 오늘은
어제가 되면
웃어넘길 수 있는 것 같다.

memo

2014

그대 나를 사랑하지 않는다면

그대 나를 사랑하지 않는다면
내가 그대 때문에 웃지 않게
또 울지 않게

외로워도 곁에 남아 있지 말고
슬픔에 겨워 그 슬픔에 잠겨있더라도

내 아픔이 내 아픔으로 끝날 수 있게

세상에 등을 지고 눈 감는 날
그때 꽃을 받을 수 있게

그대 나를 사랑하지 않는다면

뒤돌아보면

지나간 건 행복했다

어제가 그립고
지난 계절이 그립고
지난 시절이 그립다

순간은 몰랐었던 그 감정

지금도 이렇게 흘러가고 있는데
뒤돌아보면
나는 지금 행복할까

꽃범의 꼬리

취중진담

술에 취해
비틀거려서라도

기대고 싶고
안겨도 보고
손도 잡아보고
하고 싶었던 말 후련하게 해보고

혹시나 알까
그게 본심인 줄은

나는 또 못 마시는 술을 마시고
또 취하고.

상실

아무것도 아닌 일로 흐트러져
아무것도 아닌 사이가 돼버린 우리

지난날들이
아무것도 아닌 날들이 돼버렸다는 원망
너에게 아무것도 해준 게 없다는 후회
앞으로 아무것도 할 수 없다는 고통.

내게도 올까요

나를 사랑해줄 사람

나를 이렇게나 사랑해줘서
과분하다고 느낄 만큼 사랑해주는 사람
벅찬 사람

내게도 분명히 있다고

믿고 또 믿고
바라고
꿈에 그리고

희미해져가는 그대를 붙잡고.

그림

그대는 꼭 물감이었고
나는 하얀 도화지

무지한 내 마음에
빛을 그리고 사랑을 그리고 너를 그리고

봄을 닮아 따뜻해서였을까
그러면 그것은 사랑이었나
아니면 운명이었을까

그래, 그대는 사랑이었고
사랑을 알려주던
그리고 나는 당신을 사랑하는 사람이구나

온전히 그대라는 색깔에 그려진
나는 그대만을 위한 그림이구나.

착각

처음부터 나의 것이 아니었다고 깨달음에도
만약이라는 생각을 떨쳐낼 수는 없었다

그만큼 당신은 내 인생에 그만큼이었기에

바람이 부는 새벽

혹시 나를 보러 오진 않았을까
내 생각에 한걸음 달려오진 않았을까
눈앞에 없는 당신을 한 번만 더 감았다 뜨면
나타날까

아쉬운 발걸음에 그 자리를 자꾸 돌아보지만
당신은 없다.

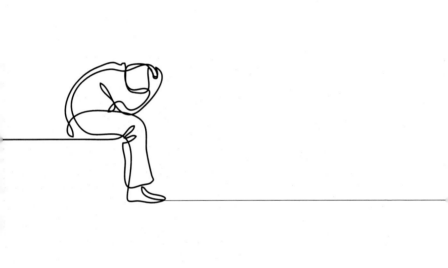

2015

꽃봉오리

봄인 줄 알았는데
봄이기를 바라왔던

내 마음이
네 믿음으로 닳는다

기억이, 조금씩.

은주에게

내 마음 속에 당신이 있음에도
사랑한단 말 못 하고

홀로 그대의 얼굴을 그리던
그대와의 기억을 하나하나 되짚어보던
내 마음을 알고 있을까요

조심스레 묻습니다

그대도 나를 사랑했는지요
그대도 내게 사랑한단 말 못 하는지요.

나비

그대가 잡은 이 손이
참 특별하다고 느꼈었는데

이 손에
내쉬는 한숨에
버티는 새벽에

훨훨 영원히.

첫사랑

달과 별처럼 우린 가깝다고

잠시 멀어지더라도 밤이 되면 다시 만나듯
우린 멀어질 수 없다고

한 번, 당신을 안아보면
그때처럼 익숙할까

그대여, 혹여나 어린 약속들을 잊었다 해도
그때만큼의 나는 진심이었기에
목소리를 건네봅니다.

잘 지내냐고.

오월 십일

알지 못했고 알 수도 없었던
내가 가진 나의 당신

내가 건넨 흔한 안부에
당신은 뭐가 그리 고마웠을까

그렇게 흘려보낸 당신의 마지막 목소리

찢긴 가슴에 당신의 기억으로
조금씩 채워가는
내가 가진 당신의 의미

볼 수 없고 들을 수 없어도
나는 가진 당신의 의미

님은 먼 곳에

보고 싶다 말하면
그대 내게 올까

그립다 말하면
그대 내게 올까

잊을 수 없다면
그대 내게 올까

꽃범의 꼬리

빈자리

짧지만 선명했고
마음을 비워냈지만 잊혀지진 않았다

잘 가라고
나는 너를 보내고
마음에 네가 또다시 찾아온다면
또다시 너를 보내고
그렇게 열 번이고 백 번이고
밀어냈다

끓는 듯 끓지 않던 사람

빈자리는 그리움을 낳고
그 그리움보다 더 크게 남아버린
상처.

지나간 바람

그래도 그때만큼의 우리는
같은 시간 같은 공간에서
서로의 모습을 마주했고

그래도 그때만큼의 나는
너에게 느끼는 감정에 충실했기에

지금의 나는
너를 사랑했던 사람이라고
너의 이름을 적어볼 수 있는 것 같다.

꽃범의 꼬리

두 계절

겨울에서 여름까지
짧은 시간과 어쩌면 많은 순간

서로를 마주하는 모습
함께 맞이하는 아침
새어나오는 웃음
깊은 눈빛
같은 밤 그리고 같은 품

이제는 기억에 담아두고
그것을 추억에 묻어두어야 할 때

어디선가 너의 목소리가 들리고
또 어디선가 너의 모습이 보이겠지만
그리움에 젖어 하루를 버텨가는 나는

이제 무뎌져야 할 때

언젠가 그대와 나
다시 만날 수 있다면
그땐 말해볼 수 있을 것 같다

나는 당신을
참 많이 사랑했다고

그러니 당신
그때까지 잘 지내.

꽃범의 꼬리

그런 날

한때 모든 것이었던
사소한 바람마저도
지금은 내 곁에 없듯이

많은 시간이 지나면
내 마음엔 그 어떤 것도 가지고 있지 않을 수 있을까

널 믿었던 것처럼
시간에 기대어 의미 없는 날들이 지나가면

오겠지
그런 날.

내가 누군가의 하루였고

인연이라는 의미
그것은 너의 의미

내가 한걸음 다가가면
그것은 곧 인연이 될 것이고

너를 놓는다면
추억으로 가끔씩 떠오르겠지

인연이란 신이 아닌 내가 이어가는 것

고로 나는 너의 손을 잡을 것이고
그 손을 놓지 않을 것이다.

꽃범의 꼬리

장마

벗겨진 신발을 다시 신으려
비에 젖은 아스팔트 바닥에 발이 닿는다

차갑지만 나쁘지 않다
왠지 느껴지는 쓸쓸함

고인 물에 비추는 달빛이
참 예쁘다

끝났겠지
씻어내려갔겠지

쓸쓸한 아스팔트 바닥도 다시 달아오르겠지.

상처

앙상하게 나뭇가지만 남은 나무처럼
그대라는 기억의 잎을 다 보냈다고 생각했는데

잘 지내냐는 그 한마디에
마음이 울먹여

아직도 당신은 내게 남은 걸까

그 남은 기억 잊을 수만 있다면
나 여기서 이 세상을 마쳐도 괜찮으니

햇빛아 비추지 말거라
눈물아 흐르지 말거라
낙엽아 돌아오지 말거라.

꽃범의 꼬리

보름달

구름이 빨리 지나가던 날
낮인 듯 밝은 어둠 아래
함께 보던 보름달을 기억하나요

어깨를 맞대고 서로의 말들이 오갔을 때
지금이 영원할 수 있기를
부디 내게서 멀어지지 않기를
마음속으로 간절히 바라곤 했던 말

사랑한다고 말 한 번 못한 것을
님이 떠나고 나서야 되뇌는 말

그날처럼 보름달이 밝은 밤
당신도 그 시절이 떠오르나요.

memo

2016

순리

잠 못 이루는 새벽에
짧게 그리고 선명히 드는 생각

바람이 불고 별들이 누군가를 비추지만
어떤 이의 시각에선 멈춰있는 세상

사랑이 떠나고 벗이 떠나고
울리지 않는 전화기에 나도 떠난다면

별 볼 일 없는 것들에
나는 연연해 하고 있었을까

소중하지만 영원하지 않은 것들
그저 순리대로 흐름에 맡겨야 할 것들.

나의 인생

당신의 미소에 나는 날개를 달았고
당신의 말 한마디에 나는 구름을 걸었다

당신은 내 꿈이었고
나의 인생이었다.

파도

밀어낼 수도 없게끔 다가오더니
잡으려 하니 멀어져 가네

나는 잊을 수 없는데
당신은 왜 사라져가나

사랑인 줄 알았는데
당신은 아니었나.

청춘

무수한 일들이 내게 다가와도
자고 일어나면 사라질 일들이었고

가는 길이 어긋나더라도
다시 되돌아갈 수 있는 시간이
내겐 충분했다

걷다 넘어져도 일어날 수 있었던 건
나는 청춘이었기 때문에

한날한시 같은 바람만 내게 오기를
바랐지만

다양한 바람이 나를 지난다
흩어지면 잊힐 것들이.

꽃범의 꼬리

잔물결

당신은 파도처럼은 아니지만
간질이듯 조심스러운 잔물결처럼
내게 다가와

나는 지긋이 서있고
꼭 허수아비처럼

당신은 왜 내게 오지 못해
나는 당신에게 왜 가질 못해

당신은 나를 지그시 보아 놓고선
왜 보고 싶었다 말을 못 해

나는 당신을 오래 기다려 놓고선
왜 잘 지냈냐고 말을 못 해.

기도

품어서는 안 될 사람을 가슴에 담았더니
오롯이 그를 위한 마음이라
바람 하나 불지 못하고 빛줄기 마저 들어오지 못해

그 사람을
보고 있지만 볼 수 없고
사랑하지만 사랑할 수 없고
그래서 잊고 싶지만
잊을 수 없는 사람

혹시 당신 손 끝 하나 내게 오면
나는 당신을 꼭 안은 채

나는 당신을 위해 기도했고
당신은 나의 모든 것이었다고
나의 음성으로 그대에게 전하리.

그리운 사람

정확히 그때에는 우리가 꼭 밤 같기도 했고
장마 같기도 했다
날이 어두워진다고 달은 반드시 뜨지 않고
장마철이라고 매일 비가 내리지 않는 것처럼

마음이 오고 가고
잊히고 생각나고
생각하면 보고 싶고
지금도 보고 싶고.

모순

쉴 틈 없이 바쁘지만 나는 느슨하고
무수한 사람들을 만나지만 잡은 손 하나 없다

수입은 없지만, 지출은 많고
잠을 자지 못하지만, 하루는 짧고

꽤나 긴 시간이 흐른 것 같지만
기억에 남는 순간은 없다.

꽃범의 꼬리

엄마

나 어렸을 적
횡단보도를 건널 때 손을 번쩍 들고
혹시 내 걸음 느려 초록불 금방 꺼질까
냉큼 뛰어가요

등굣길이 출근길로 바뀌고
교복 대신 옷을 갖춰입을 만큼
나 커버렸지만
혹시 나 아직도 더뎌 내가 가는 길 무너질까

엄마,
나 아직은 세상이 너무 무서워요.

바람

태풍이 불어와도 내겐 그저 바람
이루어질 수 없으니 내겐 그저 바람.

꽃범의 꼬리

민들레씨

아주 가끔은
민들레씨처럼 바람이 불 때에
사라져버렸으면 좋겠다고 생각을 한다

혹은 누군가에게로 간다거나.

꿈속에서

어젯밤 내가 꿈을 꾸었을 때
우리 두 손을 꼭 잡은 채 거리를 걸었지
꽤 오랫동안

나 항상 그대가 그립지만
어쩌면 당신도 나와 같아서
나를 향한 그리움이
밤바람을 타고 먼 이곳에 닿지 않았을까

보고 싶은 사람

바라건대 내가 잘 지냈냐는 물음에
부디 그렇다고 말해주기를

그럴 수 없었지만 나 역시 그렇다고
당신에게 말할 수 있기를.

꽃범의 꼬리

시인

생각이 밤을 지배할 때
따뜻한 차 한 잔으로 오지 않은 잠을 청하기보단

밤하늘에 별은 몇 개인지 세어보다
그때에 떠오른 생각을 잡고
빈 스케치북을 가득 채워나간다

나한테는 하루의 기록이자
공허함을 달래주는 친구

이 글을 읽는 누군가에겐
나의 시.

자리

굳게 닫힌 문을 열어보려
힘쓰고 애써도 되지 않는 것을 알았을 때

누군가의 도움이거나 또는
우연의 일치 아니면 그저 자연스러운 일로
문이 열린다 한들
내가 그 앞을 지날 수 있을까

익숙치 않던 빛과 걸음
낯선 곳

달갑지 않은 시선들이 자꾸 나를 묻게 돼.

바람 하나

바람 하나 내게 들어오면
머무는 마음 헤아리다

바람 하나 또다시 내게 오면
만개한 벚꽃처럼 그 마음 완연해지네

매일 그대와 함께하는 꿈
그대를 바라는 내 마음

절대 헛되지 않으리.

찬란한 봄

봄 햇살에 내리쬐는 나를 느끼면
몸이 따뜻해지는 것인지
마음이 따뜻해지는 것인지
나는 외롭지 않다

봄바람에 한껏 들뜬 나를 보면
그대가 봄을 닮아
나는 봄이 이리도 좋은 거구나

봄이 그대를 닮아
그대는 봄을 닮아.

memo

2017

서울

별처럼 반짝이는 저 불빛들 사이에
내가 갈 곳 하나 없네

수많은 사람들이 나를 지나는데
잡을 손 하나 없네

눈 감으면 사라지고
잡으면 흩어질 것들에

나는 무엇을 기대했나.

사람들

사람들은 꼭 파도 같아서
오면 가고
또 오면 가고

그리움 하나 남기고
가고
그리움 하나 남기고
또 가고

춤

바람은 세월이라
춥지 않은 바람에
나는 춤을 추네.

비스무리

한 번 피고 나면 사라지는 꽃이여

많은 시간이 지나면
다시 그 자리에 돌아오겠지만

그건 당신이 아닌
당신을 닮은
또 다른 꽃이겠지요.

꽃범의 꼬리

동화

마냥 따뜻하기만 했던 날들은
온데간데없고
진하고 깊은 꿈을 지나 다시 처음으로

다시 돌아올 것을,

우리는 왜 좁혀지지 않은 길을 채우려
쓸모없는 걸음을 걸었나

내 마음이 내 마음대로 안 되면
내 사랑은 어떡하나.

memo

memo

memo

memo